Laura Daniela Tovar.
Tel: 514- 7686806
Cel:

Matty
et le cadeau fantastique

Une histoire imaginée et illustrée par Valeri Gorbachev
Traduction de Michelle Nikly

Un livre Marc Cheshire aux Éditions Nord-Sud

Valeri Gorbachev a également publié
aux Éditions Nord-Sud:

Matty et les cent méchants loups
Quelle nuit, Matty!
La fleur de Dimitri

© 2000 Éditions Nord-Sud, pour l'édition en langue française
© 2000 Valeri Gorbachev pour le texte et l'illustration
Titre original: *Nicky and the Fantastic Birthday Gift*
publié aux États-Unis par North-South Books Inc., New York
Tous droits réservés. Imprimé en Belgique
Loi n° 49-956 du 16 juillet 1949 sur les publications
destinées à la jeunesse
Dépôt légal: 3e trimestre 2000
ISBN 3 314 21324 7

Aujourd'hui, c'est l'anniversaire
de Maman Lapin.
Martin, Margot, Many et Mathurin
s'appliquent à faire de beaux dessins
qu'ils veulent lui offrir.
Seul Matty est dehors, en train de s'amuser.

«Dis, Matty, tu ne prépares pas un cadeau pour Maman?» crie Mathurin.
«Si, bien sûr, dit Matty. Mais je voudrais trouver quelque chose de vraiment… fantastique.»

«Pourquoi est-ce que tu ne dessines pas
une carotte, comme moi, demande Margot.
Ou bien un arbre, comme Martin.
Ou une fleur, comme Many?»

«Non, dit Matty. Moi, je veux dessiner
quelque chose d'autre. Quelque chose
de vraiment… formidable.»
«D'accord, soupire Many, mais tu ferais bien
de t'y mettre. Ça va bientôt être l'heure
de donner les cadeaux.»

En effet, Maman ne tarde pas à les rejoindre.
«Joyeux anniversaire! s'écrient en chœur Martin, Margot, Many et Mathurin. Regarde ce qu'on a fait, c'est pour toi!»
«Oh, merci mes chéris! dit Maman. On va pouvoir organiser une véritable exposition de peintures!»

Maman admire longuement leurs chefs-d'œuvre.
«Vos dessins sont magnifiques, les enfants, vous êtes
de grands artistes! Mais où est celui de Matty?
Et Matty au fait? Où est-il passé?»

«Je suis là, crie Matty de la cuisine. Je n'avais pas
fini! Mon dessin est tellement... extraordinaire
que ça m'a pris très longtemps pour le faire.»
«C'est... très intéressant, dit Maman
en regardant par-dessus l'épaule de Matty.
Et... qu'est-ce que ça représente au juste?»

«Alors, là c'est notre maison,
commence Matty, avec la forêt,
et puis la mer. Et ça, c'est nous!
On s'en va vers la plage,
et on s'amuse comme des fous.»
«Ah bon…» dit Maman.

«Ce n'est pas tout, poursuit Matty.
Regarde! Là, on est sur un gros
bateau vert qui navigue sur l'océan.
Et tout autour, il y a des mouettes
qui volent et des dauphins
qui sautent dans l'eau!
On s'amuse vraiment bien.»
«Oui… je vois», murmure Maman.

BON ANNIVERSAIRE MAMAN!

«Attends la suite! dit Matty.
Maintenant, on arrive sur une île,
très loin d'ici, et les habitants
nous accueillent avec des bouquets
de fleurs. Il y a un orchestre
qui joue rien que pour nous.
Tu vois, c'est fou ce qu'on s'amuse!»
«Oui, oui, je vois tout à fait!»
dit Maman.

«Et là c'est le plus beau de tout!
reprend Matty. Regarde, on fait
une grande fête. On chante,
on danse! Il y a plein de lampions
partout, des ballons, des chapeaux
et puis… et puis…

... et puis un gigantesque
gâteau de plusieurs étages,
avec des petites fleurs
en sucre. C'est le plus beau
gâteau qu'on ait jamais vu!
Et on s'amuse vraiment tous
comme des fous parce que...
c'est ton anniversaire,
Maman.»

Matty lui tend son dessin.
«Voilà, Maman. Bon anniversaire!»

Maman place le cadeau de Matty
au milieu des autres.
«Ton dessin est vraiment merveilleux,
Matty. Merci beaucoup!»

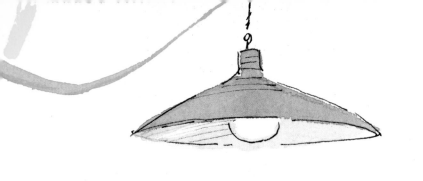

«Et maintenant, il est l'heure de manger
le gâteau, dit Maman. Ensuite on va
chanter et danser, et on va tous s'amuser
comme des fous!»

Quelle journée vraiment... fantastique!